NORTON
y
Alsa

Título original *Norton and Alpha*

Traducción Remedios Diéguez Diéguez
Coordinación de la edición en lengua española
Cristina Rodríguez Fischer

Primera edición en lengua española 2017

Carrer de les Alberes, 52, 2° 08017 Barcelona
Tel. 93 205 40 00 e-mail: info@blume.net

ISBN: 978-84-16138-94-4

Impreso en China

WWW.BLUME.NET

Este libro se ha impreso sobre papel manufacturado con materia prima procedente de
bosques de gestión responsable. En la producción de nuestroslibros procuramos,
con el máximo empeño, cumplir con los requisitos medioambientales que promueven
la conservación y el uso responsable de los bosques, en especial de los bosques primarios.
Asimismo, en nuestra preocupación por el planeta, intentamos emplear al máximo
materiales reciclados, y solicitamos a nuestros proveedores que usen materiales de manufactura
cuya fabricación esté libre de cloro elemental (ECF) o de metales pesados, entre otros.

A DĚDA Y AL ABUELO
– K.L.

NORTON
y
Alsa
BLUME

NORTON ERA COLECCIONISTA.
RUEDAS MALTRECHAS, ENGRANAJES OXIDADOS, MUELLES ROTOS...
TODO TENÍA UN HUECO EN SU COLECCIÓN.

PERO LO MEJOR DE TODO ERAN LAS COSAS CUYO NOMBRE **DESCONOCÍA**.

NORTON ENCONTRABA COSAS INTERESANTES
CONTINUAMENTE.

CASI NUNCA ERAN BONITAS, PERO SÍ ÚTILES.

CON LO QUE ENCONTRABA,
GRANDE O PEQUEÑO,
NORTON CREABA
INVENTOS MARAVILLOSOS.

UN DÍA, NORTON ENCONTRÓ
ALGO INTERESANTE.
PERO NO SABÍA QUÉ ERA.

LO ENSAMBLÓ
EN SU ÚLTIMO PROYECTO...

Y RETROCEDIÓ UNOS PASOS
PARA OBSERVARLO.

¡ERA **PERFECTO**!

NORTON DECIDIÓ QUE SU PROYECTO
SE LLAMARÍA **ALFA**.

AHORA NORTON TENÍA UN COMPAÑERO PARA AYUDARLE A RECOGER COSAS.

ALFA SEGUÍA AL PEQUEÑO ROBOT A TODAS PARTES.

EXCAVABA EN LA TIERRA, SE METÍA EN LUGARES DIMINUTOS E INACCESIBLES,
REBUSCABA EN ESPACIOS INEXPLORADOS...

... Y ENCONTRABA TODO TIPO DE COSAS MARAVILLOSAS.

UN MARTES POR LA MAÑANA, EL HOCICO
DE ALFA NOTÓ ALGO EXTRAÑO.
SENTÍA UN COSQUILLEO Y UN HORMIGUEO,
QUE LO LLEVARON HASTA ALGO
MUY SORPRENDENTE.

NORTON SE QUEDÓ PASMADO.
NO HABÍA VISTO NADA IGUAL
EN SU VIDA.

PERO, ¿QUÉ **ERA**?

NORTON Y ALFA ESTABAN DECIDIDOS A AVERIGUARLO.

ASÍ, CON UN POCO DE ESFUERZO, LO **ARRANCARON**...

... Y REGRESARON A CASA.

NORTON SUJETÓ AQUELLO CON FUERZA
DURANTE TODO EL CAMINO.

NO LE QUITÓ
LOS OJOS DE
ENCIMA
EN NINGÚN
MOMENTO,

SOLO
PARA SUBIR
LA ESCALERA
HASTA SU CASA.

NORTON FUE DIRECTO
A SU TALLER.
ESTUDIAR
LO
DESCONOCIDO
REALIZÓ LOS EXPERIMENTOS HABITUALES.
ENGRASÓ AQUELLO.

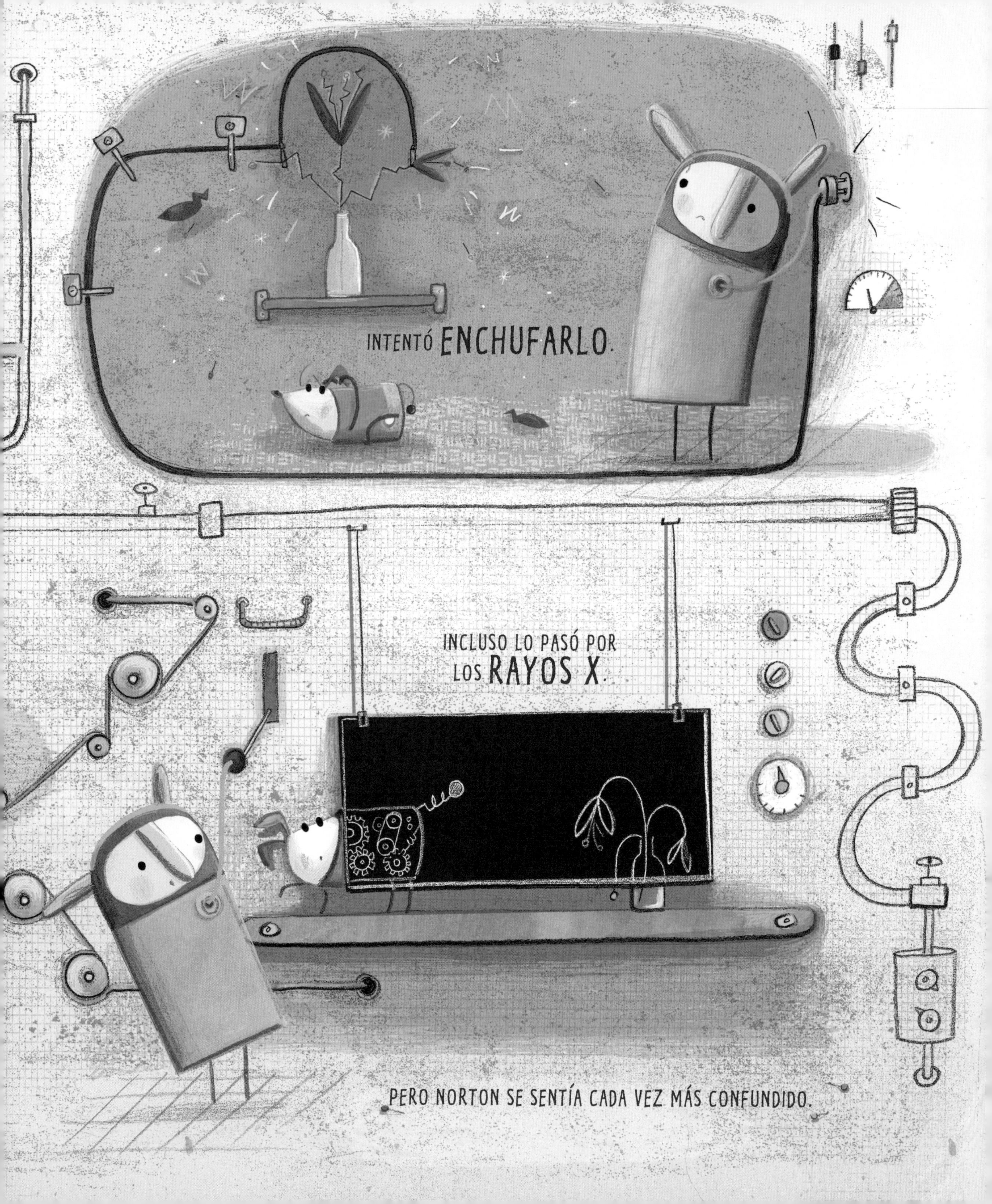

INTENTÓ **ENCHUFARLO**.

INCLUSO LO PASÓ POR
LOS **RAYOS X**.

PERO NORTON SE SENTÍA CADA VEZ MÁS CONFUNDIDO.

PARECÍA QUE **AQUELLO**
NO SERVÍA PARA NADA.

Y YA NO LE PARECÍA TAN **INTERESANTE**

COMO CUANDO
LO ENCONTRARON.

ASÍ QUE
NORTON
LO **TIRÓ**
POR LA
VENTANA.

DURANTE EL RESTO DEL DÍA, NORTON Y ALFA
SE DEDICARON A LIMPIAR Y A ORDENAR LA CASA.

ENCONTRARON UNA

COSA REDONDA

QUE NO ESTABA EN SU SITIO.

NORTON DECIDIÓ GUARDARLA.
A LO MEJOR UN DÍA LE ENCONTRARÍA
ALGUNA UTILIDAD.

EL MIÉRCOLES
LLOVIÓ TODO EL DÍA
Y NO SALIERON A BUSCAR COSAS.

¡PERO ALFA TENÍA QUE HACER EJERCICIO!

EL JUEVES
HIZO MUCHÍSIMO CALOR.
NORTON Y ALFA SE PASARON
CASI TODO EL DÍA INTENTANDO
MANTENERSE FRESQUITOS.

EL VIERNES HIZO UN DÍA PERFECTO PARA SALIR A BUSCAR TESOROS.
LA TEMPERATURA ERA IDEAL. NORTON PREPARÓ UN DESAYUNO ABUNDANTE.

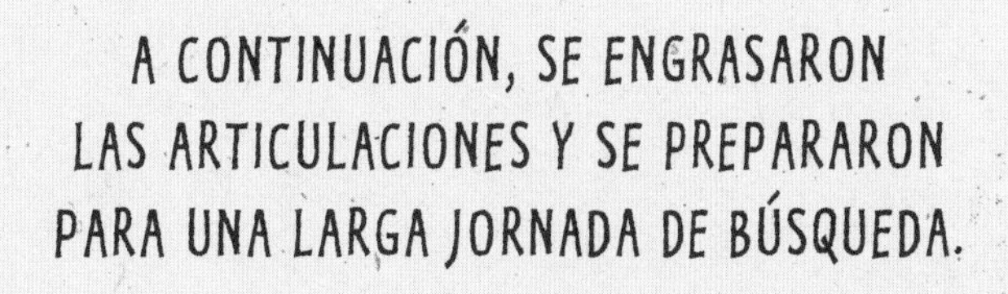

A CONTINUACIÓN, SE ENGRASARON
LAS ARTICULACIONES Y SE PREPARARON
PARA UNA LARGA JORNADA DE BÚSQUEDA.

ENTUSIASMADOS, CORRIERON
HASTA LA PUERTA Y LA
ABRIERON DE PAR EN PAR.

Y LO QUE VIERON ERA...

¡Precioso!

NORTON Y ALFA NO PODÍAN DEJAR DE DAR SALTOS ENTRE LOS CAMPOS DE **AQUELLO**.

RECOGIERON MUCHO DE **AQUELLO** Y SE LO LLEVARON A CASA.

NORTON SE OLVIDÓ DE INTENTAR AVERIGUAR **QUÉ ERA**,
O PARA QUÉ SERVÍA. LO QUE SÍ SABÍA ERA...

¡QUE LE **HACÍA** SONREÍR!